청어詩人選 422

강기주 시조집

청어
도서출판

물소리
새소리
바람소리와
꽃들의 고향
화개동에서 태어나 살면서
어쩜 이런 곳이 있는지
항상 자랑스럽게
생각해 왔다
발표된 몇 편을 모아
인사드린다
너무나 멋지고 뜻있는 화개
고향 화개는 두 손을 모아도
가슴이 멘다
고맙다 화개
사랑한다 화개
널 위해
노을 동산에서 영원히
살고 싶다

시집을 내면서
청우

차례

1부

2부

1부

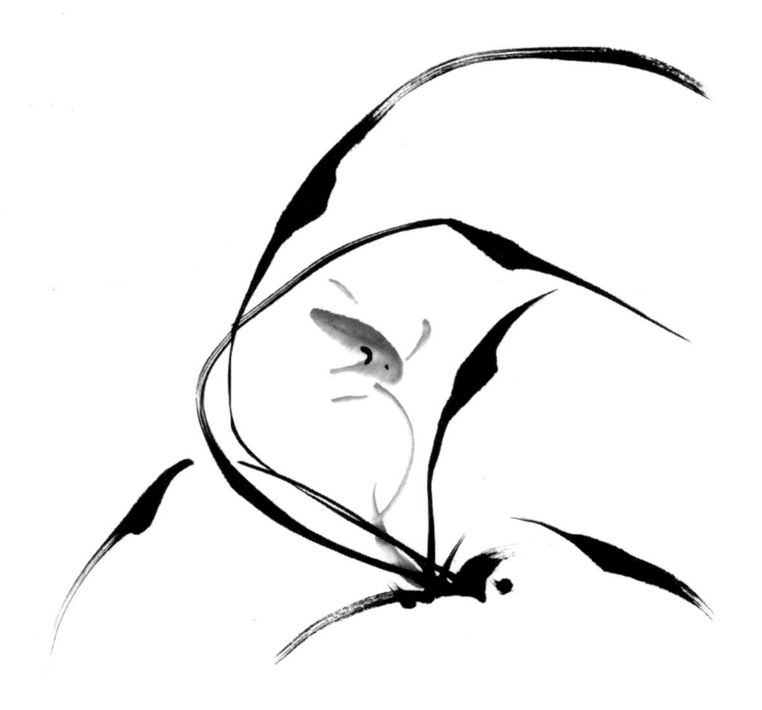

찻잎을 따며

새들의 서러운 노래
손끝에서 묻어난다

잠을 턴 어린순들
봄 햇살 푸르른 날

꿈들은 가슴에 누워
물갈이를 지켜본다

이젠 솔바람의 뜨락에서
물소리를 듣고

그대 깊은 숨소리에
체온을 달구던

그러한 날들의 곁에
나를 다시 누인다

연정

내 마음 내사 모를 것
꽃불 되어 타는 오월

산 첩첩 두견새 울고
눈 시리도록 푸르른 날

가슴에 하늘을 여는
라일락 입술이여

산과 들 가지가지
잎 잎으로 서는 여름

나비등 넘치는 햇살
포도 알알 터지는 날

수줍음 너울을 쓰고
칡꽃으로 오실 그대

강변 돌 친구

강변에 친구가 있어
시간을 줍습니다

물소리는 자진모리
하늘은 푸릅니다

친구는 말이 없어도
그 가슴이 보입니다

세상은 흔들리고
그대가 하는 말

정의도 아니고
공정도 아니더라

돌아서 들어보시게
우리들의 합창소리를

밤이면 1

눈빛들이 어둠속에서
점을 하나 찍고 있다

세월은 목이 메어
발자국을 돌리고

어설픈 가슴속에는
물소리만 흐릅니다,

어둠이 어둠 속에서
이유 있는 유영을 하고

생각이 반짝이는
무지갯빛 저 건너에는

못다 한 사랑이 그저
맘 홀로 있더이다

밤이면 2

달빛도 서러운데 새들 소리 산을 넘고
실개천 몸을 풀어 새벽을 깨우건만
뒤척인 꿈밭 머리엔
산이슬만 차갑다

어둠도 깊어만 간다 사랑도 낯설다
그대 모습 아리아리 꽃이 피는 저 언덕에
무지개 띄운 아이가
손가락을 빨고 있다

화개동에서

술도 한잔 달빛도 한잔
푸르름도 한잔하게

지리산 벽소령에
목탁새가 밤을 열고

찌들린 삶의 자락에
꽃물을 들여보세

산처럼 달처럼
지리산 바람처럼

흔들리는 세상사
새들처럼 날아보세

초사흘 달빛 속에도
웃음이 묻었을 거네

어느 날 1

기다림의 아픔은
산빛 물빛을 틔울 건가

까치들 긴 울음에
새롭게 열리는 일월

벚나무
꽃 맘속에는
사랑가가 묻었을까

칠불사에서

잡초만 무성하다
해도 넘고 달도 넘고

어느 해 뜻을 헤아린
길 가던 옛 승 하나

무거운 돌을 앉히어
가람 층층 올라가네

아자방 따스한 터
선사들의 침묵 속에

목탁은 세월을 치고
스님은 해 굴리고

자리한 부도탑만이
옛 말씀을 여쭙네

연등골에서

연등골 나무들은
느낌으로 말을 하네
낯선 이 반겨주는
물소리 새소리도
꽃맘을 다독이다 말고
햇살 가득 등을 다네

흰 구름도 가벼이
걸려 있는 산봉우리
바람이 불어도
탓 않는 너네 모습
가식의
옷을 벗고서
손 모아 봅니다

옥이에게

그대 눈빛에는
우리네 情이 있고
갈매기 깃 사이엔
하얀 삶이 트이네
자기야 우리네 가슴
사랑으로 이어보자

그대는 쪽빛바다
해운대 어귀에는

마주치는 발자국
부서지는 모래언덕

우리는 친구의 술잔
옥이 그대 사누나

끽다거에서

솔바람 소리 흘러 달빛 젖은 화개동천
산마음 산수유꽃 그리움이 묻어나면
모암골 물소리 새소리가
끽다거에 머무네

물길 따라 오고가는 그윽한 정 열어놓고
푸르름이 감겨오는 산골 아득한 터
바람도 쉬었다 가네
작설차가 눈을 뜨네

발자국을 옮기자니 화개천 맑은 물이
어느덧 가슴을 넣고 천년 향기 깨워준다
머물고 머물고 싶어라
몸만 홀로 가야겠네

발길

버들가지 필둥말둥
봄날의
진눈깨비

세월은 봄이라지만
일상은 먼 길이다

소리쳐
들려오는 소리
봄을 찾는 합창소리

봄날에 1

풀 냄새, 흙 냄새가
어제의 냄새가 아니더라

구부정한 세월의 흐름
빗소리에 씻긴다면

흐르는 낙숫물에다
이 가슴을 띄워 보자

기다림의 아픔은
눈과 귀를 틔울 건가

까치들 긴 울음에
새롭게 열리는 일월

벚나무 꽃 맘속에는
봄 내음이 묻었을까

오늘은

잎들의 언저리에 바람이 일렁인다
바람은 노란바람 한반도를 흔들고
흙먼지 종잡을 수 없다
번지 없는 발자국들

새들의 소리도 멀리 고향은 아득하고
메마른 가슴 속엔 종지불의 따뜻함이
이제사 알 것만 같다
그 옛날이 그립다

어느 날 2

이 가을엔 수확이 없다
약탈자만 있을 뿐

까마귀 떼만 큰소리치고
아! 대한민국의 함성이 없다

화개동
첩첩바위가
눈뜨기를 기다리며

솔아

푸름도 푸르려니
애틋함도 더하구나

허리 잘린 반도에서
스스로 굽은 솔아

설익은
너의 애증에
이 가슴 붉어진다

난실에서

천 년 전 바윗돌에
새 생명이 눈을 뜬다

모진 세월의
기억을 더듬어 가며

모암골
산속에 앉아
천 년 전을 풀어낸다

어느 날 3

흰머리가 듬성듬성
하룻날이 허허롭다

지나친 발자국에
이젠 귀가 뚫리나 본데

늦둥이
학교에 간다고
오늘을 던지고 있다

한려낙조

만선의 깃발 속에서
주름살은 깊어만 가고

산그늘 머무는 자리
이제는 앉아야 한다

수평선
찬란한 은빛
곱게 접어 볼 일이다

동정 만월

악양정 낙숫물에
귀를 씻는 사람아

잎 지고 꽃 피거든
가슴을 열어 놓고

동정호
달빛 아래서
순배 순배 세월을 엮세

봄날에 2

산물소리
장단 속에
개나리가 웃고 있다

누이의 첫사랑은
봄하늘을 닮았을까

푸름도
바람 앞에서
수채화를 그리고 있네

바람 앞에서

허수아비가
눈 내리는 들녘을 걷고 있다

미움도 고움도 없는
하얀 살점만 남기는 바람

그대의
가슴 앞에서
눈사람으로 살고 싶다

돌아

천 년 전의 눈을 뜨고
천 년 후에 가슴을 여는

침묵의 세월 곁에서
가지런히 깨치는 소리

이제는
반도의 가슴에
종소리를 울리거라

불일낙수

마고 할멈 보조국사가
깨침으로 얻은 자리

지리산 해묵은 바위
잠을 턴 너의 기백

천 년의
세월을 앞선
기도 소리 흐른다

부처골에서

무소유의 골짝에서
눈을 뜨고 귀를 열고

합장하는 그 깊이
지리산이 둘러섰네

이끼 낀
침묵의 바위
날 보고 앉으라 하네

매화

나날이 스쳐 가는
밝은 눈이 따라온다

침묵 속 인고의 세월
다독이며 여윈 사랑

매혹의
눈빛을 여는
아스라한 그대여

난

세월의 아픔이야
바람결에 흘려 놓고

푸른 살결에 올겨운
너네의 사랑은

보는 이
가슴에 피어
가잔다 삶 밭으로

청학동 산 벚꽃

청학동 산 벚꽃은
댕기머리 닮았네

산노루 눈빛 같은
영원의 불씨 같은

두류산
사립을 열고
도인처럼 피었네

화개동 꽃길

맑은 물 되구르고
지리산천이 귀를 열면

죽로향기 그윽한
십리 길 꽃은 날고

나그네
나그네들도
화갯골을 닮았더라

눈 오는 날

동치미 맛이 드니
새론 넓이 초가삼간

부엉이 울음 깊어
눈이라도 오는 날은

외곬 방
하나 가득히
메주 뜨는 내음새

하동포구

삶으로 이어진
세월의 포구에는

옛사랑의 꿈들이
아리아리 묻어오고

하동땅
고운 인정이
별빛으로 흐릅니다

가을날 1

햇살이 부서지는
찻집의 감나무엔

세월도 주름살도
머무르다 흩어져 가고

서성인
낮달 속에는
까치 떼가 놀고 있다

가을날 2

빗속에서 서서 조화를 잃은
설익은 가슴이 탄다

영원에로의 방황이
간직하는 그리움으로

우뚝 서
가을을 맞는
여기는 우주의 끝

가을날 3

끽다거 찻집*에
가을이 왔나 보다

앞마당 감나무는
사랑 등을 달고 있고

가슴도 붉어만 지네
옛사랑이 아려 오네

바람도 흰구름도
가을 앞엔 눈이 먼다

시샘 속의 새들도
옷 벗는 나뭇잎도

낮달도 갈 길이 멀어
허옇게 떨고 섰다

*끽다거: 화개면 용강리 69에 위치한 찻집

깨웁디다

개굴소리 높낮음에 달빛은 흐릅니다
풀잎 젖은 이슬은 별빛을 가득 담고
풀벌레 척척한 자리
어둠을 깨웁디다

물빛 그 가장자리 떠 있는 달빛고요
댓잎 소리 밤의 소리 애틋한 정 엮고 나와
목탁새 귀울림 되어
사랑을 깨웁디다

산골 빈집에서

산첩첩 오두막 한 채
구름은
령을 넘고

바람은 볼을 때려
기척을 알리는데

아뿔싸
본래 없는 것
주인 찾아 무엇하리

나무야

사계의 눈높이에
순응하는 너였기에

세상의 벗이 되어
사랑의 가지를 엮는가

천 년 전
바람을 타고
그대 옆에 서고 싶다

불일산장에서

이슬에 이슬이 맺힌
그 숲의 가장자리

수류화개 그 맑은 곳
산새가 넘나들면

가슴에
하늘을 여는
푸른 삶의 안식처

산중에 산이라
지리산록 살 오르고

침묵의 바윗돌이
목포수로 귀를 열면

흩어진
불일암 터에
법문 듣는 이파리들

2부

화개동 편지 1

화개동 계곡에는
돌들이 흐르더라

물들도 따라 흘러
따라 흐른 세월 속엔

별들이 마실 오는 날
수줍어하는 꿈의 동천

바람도 따라 흐른
푸른 산 푸른 계곡

인연의 눈빛들이
꽃맘처럼 살던 곳엔

사랑도 쉬었다 가네
꽃이 피네 꽃이 지네

화개동 편지 2

여름이 야위어 간다
물살로 가고 있다

설익은 낮과 밤은
가을을 이끌고 나와

화려한
수를 놓을 거다
허튼 춤을 출 거다

화개동 편지 3

눈 위를 걷는다
백지 위를 앉는다

하늘이 왔다 간 자리
번지수를 찍다 보면

산천이
어느새 홀로
자화상을 그렸네

화개동 편지 4

지리산골 운무 속엔
바윗돌이 눈을 뜬다

산다람쥐 산토끼가
눈 비비며 사는 곳

바람도
푸른 바람은
화갯골에 살더라

화개동 편지 5

봄이삭을 줍고 나온
화개동 계곡에는

꽃구름 고운 빛깔
물소리도 리듬에 젖어

조약돌
합창 소리에
하루해를 담근다

화개동 편지 6

꽃향기 가득한
화개동 길목에 서면

어제를 잊은 채
웃음 붉힌 나날들

새 사랑 또 있다 하면
삶을 적셔 보겠네

생각이 가슴을 열고
꽃밭 속에 지새우면

물소리 새소리도
나의 소리 합창이라

손 모아 꽃 봄을 본다
일렁이는 꿈의 텃밭

화개동 편지 7

지리산 산철쭉이
하룻날을
줍고 나와

산처럼 바람처럼
넉넉한
들꽃 산방

별들이
마실 오는 날
꿈을 낚네
사랑을 엮네

화개동 편지 8

산잎이 바뀌어 간다
이 가슴이
타오른다

산중에 가는 가을
그 님은 어이할꼬

물소리
너울을 따라
따라나선 내 마음

화개동 편지 9

뿌리째 떠내려온
지리산 나무토막

살다가 죽은 것인가
죽다가 사는 것인가

조각가
그 혼을 잡고
꽃 맘처럼 서 있다

화개동 편지 10

솔바람 소리도 흘러
꿈을 여는 화개동천

두견이는 밤새 울고
초록 눈이 싹트는 날

신선들
허튼춤 추며
작설차가 아리랑

화개동 편지 11

사랑이 흩어진 자리
낙엽이 흐른다

옷을 벗고 돌아서는
가을의 등짝에는

바람도 텅 빈 소리로
숨어 오는 별빛을 본다

가을이 깊어만 간다
이 밤도 깊다

발자국 번지수엔
녹슨 잎이 뒹굴고

희미한 세월 언덕에
서성이는 흰머리발

화개동 편지 12

차향이 솟아 있다
마음 한켠 열려 있다

산천도 우러러 보고
주위도 둘러도 보고

삶이란
구름 같은 것
바위처럼 살아보자

화개동 편지 13

화개동 구름꽃아
놀다 어디 가느냐

어제의 고운 기운
신명으로 일구어내어

꽃 피고
새 우짖는 자리
어깨춤을 띄워보자

화개동 편지 14

산들은 옷을 벗고
가는 가을에 서 있다

정이 밴 서러움은
낙엽 속에 뒹굴고

하늘은 먹물을 묻혀
내일을 그리고 있다

화개동 편지 15

햇살이 한줌 한줌
꽃잎들이 일기 쓴다

초록은 사랑의 텃밭
삶의 무게 나눠보면

일상은
자리에 앉아
님의 등을 두드리네

화개동 편지 16

산 첩첩 오두막 한 채
구름은 령을 넘고

바람은 볼을 때려
옛 정을 알리는데

아뿔싸
본래 없는 것
산이 이 몸 넘고 있네

화개동 편지 17

빗소리 어둠에 쌓여
푸름이 눈을 뜬다

지나온 시간들이
물소리로 흐르고

밤새가 별을 따려다
허수아비 가슴을 친다

세상이 어지럽다
그 세상 이 가슴

밖으로 안으로
굴리려 말고

태양과 달이 뜨는 그곳
손 모음이 아쉽다

화개동 편지 18

아가가 자꾸만 운다
서러운 세상인 양

바람은 좌우로 불고
번지 없는 마음들

아가의
울음 곁에서
밤새도록 떨고 있다

화개동 편지 19

달빛도 머뭇거린
화개동천 십 리 꽃길

물소리 새소리가
꽃맘처럼 부푼 날은

봄날을
어깨에 메고
동쪽으로 가잔다

화개동 편지 20

산들은 옷을 벗고
가는 가을에 서 있다

정이 밴 서러움은
낙엽 속에 뒹굴고

하늘은
먹물을 묻혀
내일을 그리고 있다

화개동 편지 21

물들이 흐르고
따라 흐른 화개동엔

인연과 사랑이
푸르름을 녹여 놓고

꿈인 듯
살아가는 곳
산골 촌마을

화개동 편지 22

징징징 생각이 모여
장터에서 징을 친다

보수의 문풍지와
진보의 약장사가

소리도 관중도 없이
허튼 춤을 추고 있다

민주를 노래만 하던
꾼들의 입방아엔

오염된 재채기 속
장터만 시름시름

엿장수 가위질 소리에
하루해가 잘리고 있다

화개동 편지 23

바람 위에 앉아 본다
바람 타고 날아 본다

낮추시게 낮추시게
말씀이 있는 곳

때 묻은
옷을 벗고서
산처럼 살고 싶다

화개동 편지 24

풀벌레 소리소리
하룻날도 멈칫한다

산골 물 소리도 맑아
차 향기 돋아나면

이 봄도
품앗이 가슴
별을 따러 가나 보다

화개동 편지 25

달빛의 숨소리와
별들의 눈빛들이

어둠 속 귀를 열고
오순도순 앉은 날은

가슴을
여미는 그대
수줍음이 산을 넘네

화개동 편지 26

화개동 가는 길은
십 리 벚꽃 신선마당

시냇물 여울지고
새들도 따라 날면

섬진강 달빛 사이로
아스라한 별천지

골목길 접어드니
주점마다 숨은 사연

쌍계사 목탁 소리
산과 천을 깨우니

어울린 청춘의 꽃밭
사랑이네 꽃이네

화개동 편지 27

물소리 지나고
단풍이 흐르던 날

귀뚜리 울음 깊어
어둠이 잦아들면

그대가
머물던 자리
사랑잎만 쌓이네

화개동 편지 28

시냇가 돌탑 속엔
기도 소리 잔잔하다

어디선 새들 소리
님을 찾아 령을 넘고

초록의
사랑가에는
별빛 묻은 세월이 있다

화개동 편지 29

지리산 내은적암
서산은 어디 갔나

그 말 그 뜻 서려 있는
주춧돌은 말이 없고

그 옛날
목탁 소리만
산천을 돌고 있네

화개동 편지 30

1
인적없는 산 속에서
홀로 섰는 나그네야

자연은 말이 없고
하늘만 쏟아진다

바람도 쉬었다 가네
햇살 가득 쉬었네

2
어둠 속 소쩍새가
별빛 흘려 울던 밤은

모암골 물소리는
개천을 뛰쳐나와

홀로 선 가슴을 넣고
베갯잇에 기댄다

화개동 편지 31

강가의 저 눈빛들
어제와 내일을 본다

흐르는 세상과
해돋이를 바라보며

조약돌
심오한 침묵
깨침의 혼이 서려 있다

화개동 편지 32

화개동 산들은
제 폼에 취해 사네

사철의 옷을 입고
사랑귀 열어 놓고

천 리 먼
세월의 발길
번지수를 찍고 있네

화개동 편지 33

싱그러운 아침 햇살
오늘은 무얼할까

지나온 그 날도
내일의 꽃번지도

새롭게 헹구어 내어
햇살 가득 널어보자

일상을 세탁한다
이 가슴을 씻어내자

산과 들 찰나의 소리
눈귀가 막힌 지금

푸름에 얹힌 이슬이
떨고 있음이 보인다

화개동 편지 34

밤도 깊고 산도 깊고
가을 깊어 새론 산골

외롬도 쌓이고 쌓여
어둠 속을 나서면

달빛도
이 밤이 겨워
허허롭게 가고 있다

화개동 편지 35

마주친 바람 앞에
꽃맘들이 일렁이고

산버섯 산이슬이
별 이삭을 줍는 날은

일월도
쉬었다 가네
사랑 또한 살 오르네

화개동 편지 36

머루 다래 꽃 피는 날은
꾀꼬리는 봄을 낳고

잎잎에 젖은 사랑
물소리 이끌고 가면

그립던
생각들마다
뻐꾸기 소리 묻어 있네

화개동 편지 37

푸르른 인연의 소리
산천이 활짝 핀다

마고 할멈 기도 소리
산과 들을 깨우고

지리산 넘치는 기상
화갯골이 열린다

산 들새 뽀뽀하며
나뭇가지 춤추는 곳

겨울이 멀리 날고
고즈넉한 굴뚝 연기

메아리 쉬어가는 곳
흰구름도 졸고 있다

화개동 편지 38

가을의 색깔은
무지개 모임이다

너도 타고 나도 타는
황홀한 대지 위에

새롭게
가슴을 태워
살자함이 엮어진다

화개동 편지 39

기다림의 사연이
눈 높은 바람을 타고

설렘이 시간을
다독이는 꽃맘 속엔

사랑도
그 꿈을 찾아
하늘 멀리 날고 있다

화개동 편지 40

물빛도 안아보고
꽃잎도 안아보고

화개동 별천지에
사랑 또한 안아보면

우리가 신선이라네
그대가 안긴다네

어둠도 기다려 보고
달빛도 기다려 보니

별빛은 설레이어
꿈속으로 오는 곳

맴돌다 흐르는 동천
가슴은 사랑의 우물

화개동 편지 41

실개천 버드나무
잎잎으로 서는 여름

푸름에 눈이 부셔
뻐꾸기 종일 울면

햇살도
쉬었다 가네
솔바람도 쉬었네

화개동 편지 42

하얀 눈이 내리면
마음은 봄이라오

차가운 겨울을 풀고
푸른 싹을 틔우려오

당신의
가슴을 열고파
모닥불을 피울 거요

화개동 편지 43

차 향기 가슴에 떴다
산새들 숨이 잦다

물소리 낮빛이 고와
달이 빠진 어느 오후

푸름이
창문을 여니
여기가 어디인가

화개동 편지 44

희란석 물줄기에
세이암 귀를 씻고

풍유객 고운 선생
어디서 무얼 하오

별유천 여행 중이라면
손 한번 흔들어 보소

삿갓은 산이 되고
지팡이 고목 되어

세월이 앉은 자리
병속의 별천지라

동천은 선생을 닮아
꽃이 피고 지더라

화개동 편지 45

어둠이 별빛 사이로
둥글둥글 오는 날은

아가들의 웃음소리
찻잎에 묻어 있고

황홀이
옷을 벗는다
봄 내음이 젖는다

화개동 편지 46

낙엽이 굴러도
가을은 여유롭다

숨 가쁜 세상사
벗어 놓고 골에 드니

산천은
제 모습 모습
사람임이 부끄럽다

화개동 편지 47

물소리는 귀를 씻고
바람소리 가슴을 씻는

화개동 산골 마을엔
인연들이 스쳐간다

새들은 산마음 엮어
말없이 살라하고

돌들이 흘러간다
산들이 굴러간다

종일 비 오는 날
가슴도 날아간다

세상은 굴레의 요람
꽃맘으로 엮어보자

화개동 편지 48

산골 물 귀를 뚫고
어둠 새가 울음 울면

달빛도 적막 속에
서성이다 매여 있고

홀로 선 그림자 그대
벌판 위에 누웠다

세상은 고물 잔치
하룻날은 어지럽고

기회가 온다 해도
돌아앉아 웃을 일

둥그런 가슴을 열고
너와 내가 웃을 일만

화개동 편지 49

사랑도 쉬었다 가고
세월도 머무는 곳

지리산 푸르른 새가
꽃피도록 울던 날은

못다 한
그대 사랑이
별빛처럼 쌓이네

화개동 편지 50

사랑은 앵두나무에
새처럼 날고 있고

인간은 마주보는
눈빛새의 둥지인가

세상은
안식의 광장
손 모아 날아보자

화개동 편지 51

낙엽이 웃고 있다
산들이 춤을 춘다

세월을 뚫고 온
인연들이 뒹굴고 있다

화개동
산봉우리엔
엄마 가슴을 열고 있다

화개동 편지 52

별 밤이 물소리 따라
따라 흐른 밤이면

산중엔 소쩍새
외곬 방엔 님의 새가

님의 별
더듬어 내며
어둠 속에 젖고 있다

화개동 편지 53

복날이 지나는 날
하늘이 너무 맑다

먼 산은 뻐꾸기 울음
여름은 높이 날고

붓끝은
더위를 친다
화선지 금이 간다

화개동 편지 54

세이암 고운 선생
귀를 씻는 맑은 물은

반짝이는 눈빛 속에
세월을 엮고 있고

회란석
오늘도 서서
물소리 깨우고 있다

화개동 편지 55

무더위도 걸어 놓고
낮달도 걸어 놓고

물소리에 씻겨가는
가슴속 상념들은

여름도
자리에 앉아
기도하는 맘이다

화개동 편지 56

그대의 눈이 머문 곳
나는 초점을 맞춘다

허수아비 사랑으로
가슴이 멈추는 날

산그늘 앉은 그 자리
아파나 해야 할까,

기다려 기다려도
보이지 않는 그

모습은 생생하게
보여주는 그 깊이

사랑이 머물다간 자리
좋고 있는 이 세상

화개동 편지 57

산천은
옷을 입고
내일로 가나보다
혼돈의 뜨거운 강은
한반도를 적시고

가을은 아픔을 엮어
발자국을 태우고 있다

화개동 편지 58

모암골 물소리엔
은하수가 일찍 나와

한 밤 내 소근대다
봄이삭을 줍고 나와

화개동
꽃맘 환하게
설레이며 흐르더라

화개동 편지 59

물소리 따라 흘러
따라 흐른 밤이면

못 다한 님의 마음
별빛 속 창을 열고

어둠이
마실 가는 날
따라나선 내 마음

화개동 편지 60

아지랑이 날개 달고
예쁘다 벌 나비

어느 날 꽃밭에서
님에게 물들인 날은

기억의 소리를 엮어
봄날을 띄운다네

세상이 오고 있다
낯익은 그 소리에

시련의 가슴을
영원으로 묻어 놓고

끈끈한 꽃날의 정에
사랑을 엮고 싶다

화개동 편지 61

하늘이 노란 날은
육신을 꼬집어 본다

어느 층 어느 계단에
이끌려 서 있는지

얼떨결
굽혀서 보니
구멍 난 신발 한 짝

화개동 편지 62

산골 물이 흐르다
조약돌에 눈을 뜨는

그러한 세상들이
소리 없이 밤을 씻고

나 여기
칠흑의 골에
개굴소리 듣고 있다

화개동 편지

강기주 지음

발행처 도서출판 청어
발행인 이영철
영업 이동호
홍보 천성래
기획 남기환
편집 이설빈
디자인 이수빈 | 김영은
제작이사 공병한
인쇄 두리터

등록 1999년 5월 3일
(제321-3210000251001999000063호)

1판 1쇄 발행 2023년 12월 30일

주소 서울특별시 서초구 남부순환로 364길 8-15 동일빌딩 2층
대표전화 02-586-0477
팩시밀리 0303-0942-0478
홈페이지 www.chungeobook.com
E-mail ppi20@hanmail.net

ISBN 979-11-6855-214-2(03810)